Confusion

加藤治郎

目次

装幀・レイアウト＝山本浩貴＋h（いぬのせなか座）

Confusion

スプーン

旅じたく

ごごごごとまたしちしちと鳴くゆえに旅行鞄の中の歯ブラシ

雨の匂い

蜂蜜のような匂いにつつまれてあしたの雨のまんなかにいる

珈琲時間

さしあたりそこはかとなく珈琲をみつめるときはひとりなりけり

音の記憶

しんしゃらん素足のきみは濡れていて海辺のような明るさである

観覧車

天窓に月光寺院降りてきてしゃりりりん、しゃりりりん、寝がえり
日本の言葉を祝うらんちゅうの赤いあたまの見えるみなもに
もう痛くなくなったのですゆわゆわとめまいのようにふるぼたん雪
野良犬が舌をたらしてタバコ屋をよぎるまよなか火を放て、火を
くちびるのようなあなたの靴をみてちぎれちまったゆうぐれのゆめ
暗黙のルールが君を監視する　止せって肩を摑むともだち

労働の手応ぇ僅かMRI画像は俺の目玉を映す

mixiは更新されない。

突然「ある時払いの催促なし」と画面に表示された。そのまま引用。

だれかこのプロフィールを消してやれ　薄い瞼にふる春の雪

一四〇文字にまとめる憎しみのある時払いの催促なしさ

ワレトイウ器ニタマル死者ノ顔アフレタナラバワレハユクベシ

11

岡井隆『銀色の馬の鬣』を読む会。

たてがみと四文字打ってキイを押す鬣荒れて春のさきぶれ

洗脳のときは始まるすこやかにイチ、ニ、サン、シ、ニイ、ニ、サン、シ

ぬばたまのキャビアを掬うスプーンのそろりと人はさりゆくものを

がんみち

雁道を通り抜けたりどこかしら螺子のゆるんだ春のゆうぐれ

ひっそりとチーズに歯型がついていてあなたの死後であることを知る

観覧車いささか錆びて晒される丘への道はなだらかだった

12

13

おい、日常の顔を知ってるか（もちろんだ）あわいひかりにつつまれたかお

観客はみな無事だろう（からっぽだ）はつなつ夕べ紙のシアター

出ないで、という気持ちもなかばあり午後の電話は海辺にかける

夏の日の少年の自慰すんすんとサイダーの泡のぼる冷たさ

どちらから手を離すのかいつまでもわからないから雨粒よぎる

平和について

二〇一五年七月十六日、安全保障関連法案が衆議院本会議で可決。

どちらの言葉も、醜いことがたまらない牛肉石鹸　美しい歌をだれかうたってくれないか

ーコメダのマメを持ち帰る　官僚の夏は長く平和祭前夜祭

ーコメダのコーヒー・トースト・ゆで卵の聖三角形　きみたちはみな傭兵志願者だ

ー天国介護ホーム牛肉石鹸最後まで使い切り首相の哄笑

ーデモ隊ジグザグジグザグ幹事長のカツ丼の出前遅延、がまんならねえ

ーデモ隊ジグザグジグザグジグザグジグザグジグザグジグザグジグザグ幹事長の自爆を待っている

ーハムマヨネーズパン食う深夜ジグザグジグザグジグザグジグザグ石橋はなかなかの人物なり

ーフラワーしげると心中するならジグザグジグザグジグザグ桜上水だぜ、乙女よ

ーしんきろうねんねんころりきりころしからからきらりからんを打ちすえて

――デモ隊にデモの作法を伝授せよ。あんぽはんたいとうそうしょうり

――戦争は終り続けた。真っ青な絵の具をしぼる　傷口を拡げてくれよ

――教室にくらげただよう原爆忌

――戦争は終り続けた。うしなった薄いまぶたも　わすれろよわすれろよ、いま

――玉音のごりごりごりと響きけり

――夏の雲まぶしかりけりどこからか泉の音のきこえる真昼

――むらぎものこころのいろは黒ければ、歌人切手の点の連なり

――今日もなお出社の人よ炎天の歩道のかなた噴水がある

――ある者はゲラに赤入れ、ある者はデモに連なり、たこ焼き食う俺

――沼水の行く方もなきわが心　深夜、息子の部屋に踏み込む

中原中也への旅

20

朝のベル。

なんという朝だ、まったく。マスターを怒鳴る若者おそらく息子

二〇一五年九月十二日。

準備半年、レジュメは二十時間かけて中也を彷徨うまさかジャムパン

まだ詩といふ型がハッキリしてゐると云へない現状
(中原中也「詩と其の伝統」)。

軍楽の響くホームの白線を跨いで俺はどこに往くのか

充電の白いコードのぐにゃぐにゃっと七五調こそ饒舌であれ

昭和九年の時点で、
中也は、
まだ自由詩を
信じていなかったのではないか。

新山口に着いた。
思えば遠く来たもんだ。

でも俺は伝統詩だが、曇天のどうてことない駅に降り立つ

芸術時間いかがですかと声が過ぎ玄英さんはあっちに行った

二時間のシンポジウム。
林浩平、彦坂美喜子と。

七五調の中也を話すつもりだが幹郎さんの目が笑っていない

『在りし日の歌』

原稿を託す友ある幸いを願う、願わず詩人薄命

23

北川透の質問に
答えられなかった。

詩人歌人まっぷたつなりらあらあと朗読の声なか空にある

ゆあああゆよおおおＳＬのあわきけむりにつつまれてゆく

さらば、湯田温泉。

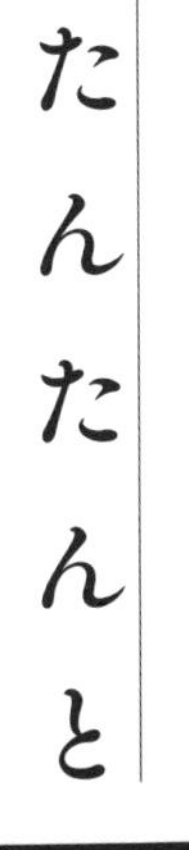
たんたんと

26

村山由佳に。

天国に泉のあればさらさらとひかりはこぼれ午後の抱擁

性別年齢を教えてくれ黄金の液体に浮く不確かな泡

走馬灯全速力でかけてゆけ

27

みなしんきろうみなしんきろうまっしろな校長先生現実逃避

爆弾のなにやらゆかし夜光虫

ぼくミギー、おまえはオギー、ぬかりなく有休取ってデモに行くべし

28

やすらかな雲の流れる空を見てどこかとおくに兵隊はゆく

追熟の柿は置かれて居たりけりひかりの皺の見えるゆうぐれ

初めての〈加藤治郎〉の仕切りみゆ紀伊國屋書店新宿本店

消えたいと声になるまできみは言うそれはかすかな葉擦れのような

ともだちでいましょうなんてたんたんとタラップおりてたのしかりけり

言葉という暗い生きもの原稿の枡目に生まれ、あるものは消ゆ

29

ISILの脅威を排除するという目標に向けて約束をしている60以上の連立パートナーはすでに、イラクなどの地域でISILに対抗するためにさまざまな努力を行ってきました

（アメリカ合衆国国務省ホームページより）。

初霜のかすかに伸びて居たりけり

雪の模様を人さし指でなぞる夜しばらく息ははかないでいて

木枯らしの街に恐怖の兜かな

33

今年の十二月六日、早稲田大学の大隈大講堂で緊急シンポジウム「時代の危機と向き合う短歌」が開催された。戦後七十年と安保法制化など時代の問題、とりわけ政治の言葉に短歌の言葉はどう向き合うかということが問われた会だった。

三枝昻之は、主催者を「強権に確執を醸す歌人の会」と命名した。大逆事件の直後、石川啄木が書いた「時代閉塞の現状」からの引用である。「我々日本の青年は未だ嘗て彼の強権に対して何等の確執をも醸した事が無いのである」という言葉に強く共鳴したと三枝は語った。

永田和宏は、講演で「民衆から言葉が奪われてゆく4つのステップ」を説明した。それは

① 言論抑圧
② 自粛という形の萎縮
③ 言葉に対する脱感作、不感症の誘導
④ 抵抗できないオールマイティの言葉が民衆を追い立てる

であるという。オールマイティの言葉とは何か。戦前・戦中は「非国民」「国賊」だった。現在は「国益」だ。永田は、言葉の状況が危ういことを明確に語った。

かつて、伊藤左千夫は、

戦うのはいいけれど、負け方は考えてあるのかな」

シクラメン薄紅の静かなり

一国の主権者の顧問になっても、文や詩を評すると同じように、有力な相談相手になるだけの資質がなければ真の詩人ではないと論じた。明治四〇年の新聞「日本（にっぽん）」である。破格の詩人観だ。が、ここから学ぶことはある。

政治家の粗暴な言葉に満ちた現在である。表現のプロとして歌人が日本の言葉の状況に発言することは、大切な役割ではないか。

柿の木の葉はちりにけり曇り日の昼のひとときわれは佇む

MRI

昼休み、白川公園を散歩。

鉄の輪の半ば没する土を見て鉄の輪をみて職場に帰る

短歌史の議論はざらりすれ違い若き日は雲のかなたに薫る

砂という単位の中で生きている鳴尾一丁目五十三番地

新幹線の移動時間は休息。穂村弘「各駅短歌」、今月のテーマは「終電」だ。

終電の次の電車で帰りなよ　みかんの沸騰しそうなこたつ

厳粛な気持ちにわれは訪れる粗塩の熱田税務署はここ

ごそっと、もってかれた曇り日の新堀川の何事もなし

Magnetic Resonance Imaging（MRI）の音楽ぶむぶむと頭のあちらこちらを襲う

血管が蛇行している戦跡の脳梗塞、脳出血、あまたの

40

ばんぺいゆ

晩白柚喰うべかりけり家族にはひとつ平らな食卓がある

噴水はひかりのなかにのび上がりほろほろ春の軍楽聞こゆ

41

朝のいろ　なるべく淡く　軽く、雨のひかりのように

長円寺会館は雨、あいつだな『砂丘律』の囁きが聞こえる

恋愛力　①第一印象＝S　②トーク＝B　③容姿＝S　特殊能力は押しの強さ

ショーンK、いつも見事にキッパリと脚を開いていた。ショーンK

42

夢の驟雨ま昼のくしゃみ少年は銀の自転車すらりと跨ぐ

メーリングリストにひそむ雨つぶのひえびえとして頭が痛む

筆談のどれもさびしい言葉たち　れもねいどれもねいどれもねいど

二〇一六年四月二十六日。

生命保険の最終プランを提示され端的に紙屑のようなり

44
45

あなた、とっても優しかったねゆうぐれの渚にひとり素足をひたす

仮の死の途上であればしばらくは喋るな緋鯉ぬるりと光る

たぶんそれは初めて夢を知った日のオレンジジュース鮮やかないろ

夏の光の中へ

「人生の最後に読みたい本」は何ですか。

「先輩、練習を見てもらえませんか」

声をかけてきたのは大学のサークルの後輩である。彼女は一年。私は三年だ。

「じゃあ、明日の三時に、学館の地下でどう？」

学生会館である。早稲田大学に邦文速記研究会というサークルがあって、学館の地下はいつも練習で使う場所だ。

が、ちょうど前期の試験が終って、サークル活動はお休みである。これから夏休みだ。今日は個人レッスンということになる。

「こんにちは」

彼女が現れた。学館の地下は薄暗い。テーブルがあって、珈琲を飲んだりできる場所だ。

「先進国首脳会議の…」といった文章を私が読み上げる。彼女は速記文字を使ってそれを書きとる。そして、速記文字を判読して日本語の文章にする。どれだけ元通りの正確な文章にできるかを競う。そんな真面目な文系サークルなのである。

練習が終った。

「ちょっと散歩しようか」

二人は階段を上って夏の光の中へ歩いていった。

「そうだなあ。甘泉園、知ってる?」

「はい」

実は前日、私は下見をしていた。ど

こに坐ろうかと思いを巡らせた。イメージすると何かが足りない。坐ってどうする。そうだ。さくらんぼを持っていこう。生協で一袋買った。

甘泉園は大学の近くの日本庭園である。池の見えるベンチに腰かける。鞄からさくらんぼの袋を取り出す。

「どう？」

「わあ、私も買ってきたんです」

彼女は微笑んだ。夏の午後、ふたりは始まった。

こんな短歌が私の最初の歌集『サニー・サイド・アップ』にある。

群青の剣道部員の疾風を避けつつあゆむ甘泉園まで

何年か後の夏の午後だ。私は公園の見える病室にいる。ふと自分がだれか、わからなくなる。遠く樹々がさやいでいる。

私は『サニー・サイド・アップ』を広げる。これは自分の本なのだろうか。こんな甘泉園のようなときがあったなら、なかなかいい人生じゃなかったか。

トントン。いつものように、妻がやってきた。

「はい、あなた。さくらんぼですよ」

ああ、それは光の粒だ。私は、ぼんやりさくらんぼを見ている。

仮仮置場

しばらくは顔だけ思い浮かぶ人　石のくぼみのようなつめたさ

番号は俺の何処かに付いていて足の小指のちっちゃい爪よ

検索し、検索し、真っ白になる世界のニュークリアウェポン光る

仮設の窓は瞼のように剝がれ落ち外から見ていた／中から見ていた

どこも痛いということはなく笑ってる細かく切ってはちみつ羊羹

柿の青い実みっけたみっけたこんなにも小さいことが今日のよろこび

穏やかなひかりであれよほろろんと木琴の鳴る午後の教室

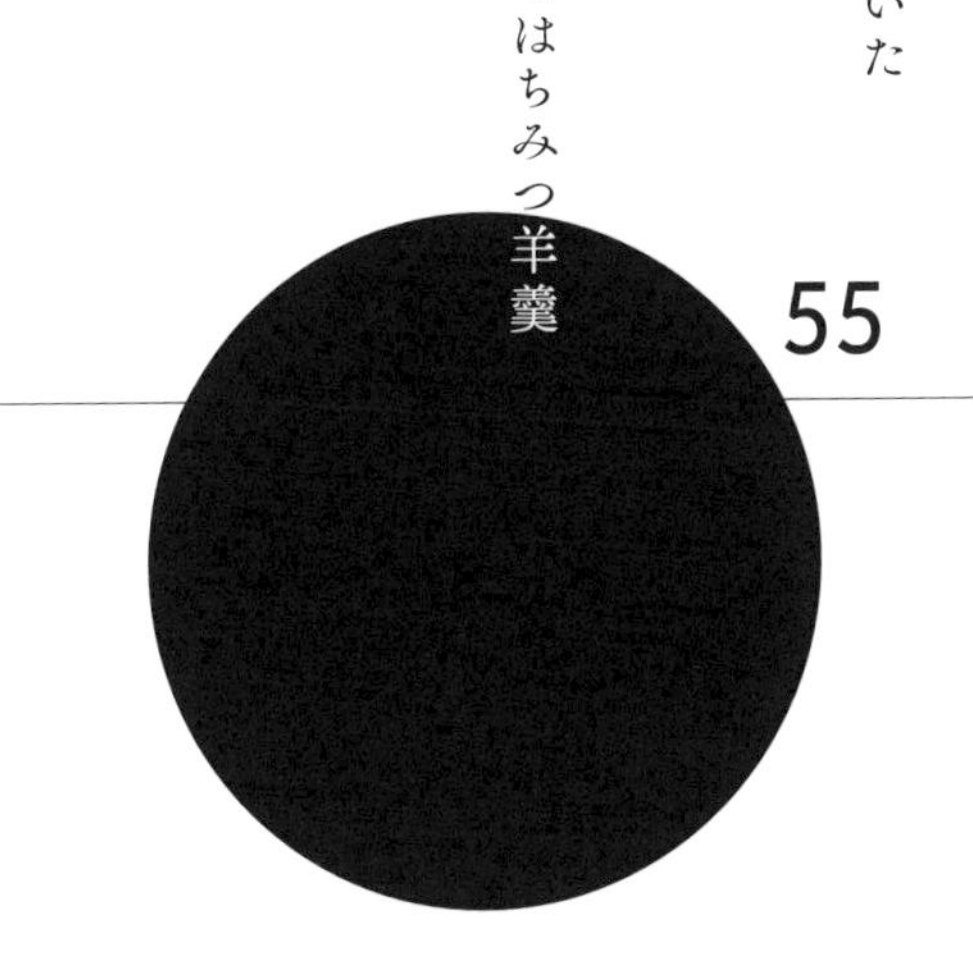

やや飛び上がり飛び下りるのだあかねさすむらさきの仮仮置場に

くくくとキャベツの上の桜えびわずかだがまだ選択肢がある

小さくて色とりどりのボンボンのちょっぴり甘いあなただったね
いつだっけだれかがくれたボンボンの砂糖の殻はたちまちわれる

マウスパッドのJiro Katoは墓碑銘に似て銀色のかすかなひかり
虹の欠片に頬を切られたさっくりと最終電車を見送ったあと

平和園祭

60

朝焼けがきみの後ろに見えるからもうしばらくは海になっている

見たこともない表情になるだろうマーマレードジャムの明け方

きみがいて詩があるように原っぱはさりりりさりりやまないのです

俺は喰う果肉の肉をネクタリンピーチクリームフラペチーノ

銀いろの回転寿司のレーンから離脱した皿、ひかりのなかに

夢にきてほほえむきみはさやさやとゆめかわういろう秋のゆうぐれ

こなごなの金平糖のよろこびよ　りろりろりいと輪唱している

ワン・ツー・スリー・フォー

検査着の後ろに青い穴がある　1 2 3 4 ファイバースコープ

日輪の絶頂
銀の
剃刀に

平和園祭大蒜の芽に噎せながら昏睡の水溢れ居り、街

平和園祭クラゲ料理のなまなまとわれら老婆のお言葉待てり

平和園祭夜はふけゆき褐色のマネキンの頭、路地を転がる

暗黒の宇宙に脳が浮かんでら　悪だくみにはもってこいだ

63

ひょんなことあたりに溢れ百体のヒューマノイドが街路を歩む

しんくわに。

ホレホレ

祝祭は歌え、holehole

まっさらのパンツをはいて歌え、holehole

ホレホレ

雪の積もった色とりどりの観覧車ずっと止まったままの光だ

「複数の発砲事案が発生」と記した日報随時廃却

なんじ
爾、とだれか言ったかまさか校庭に運動靴の九十九足

陥没の街路があった暗闇を覗いて一人、五人、百人

静かな朝に

口腔の暗さが路上に見えている逃げるなら逃げてみろ彼方に
叫び声、サラミのような足首を摑めよ生きて家に帰るため
電気バリカン耳をかすめて真っ昼間ふわりと髪が床に落ちたり
そんなもんじゃないってことは知りながらぞりっと皮膚を削られている
ラリホーラリホーラリルレロン頭のなかに伊勢海老が居る

*

とおいひがしの空にゆっくりあゆみゆく明るいコーラスはきみの教え子
ゆっくりと光をのせた水ながれもうはじまっているのふたりは
ちょっとしたすきまを風はぬけてゆく窓にちいさな心はあって

階段をあわい光が降りてくる静かな朝にiPhoneを起こす

俺のどこかにタグ付けられてあきらかに共謀共同正犯である

老婆シンディローパーに似て跳びはねるきみは括約筋を鍛えろ

もろもろの終った後にクロールの真似して父は畳をあゆむ

巻き上がる灰色の砂すらすらとここが詩歌の果てかもしれない

柿の実の色づくころに帰りますそんな手紙を出したのはいつ

舗装路にあわきひかりの水ありていくたりの背を見おくりにけり

*

「スーパースリー」

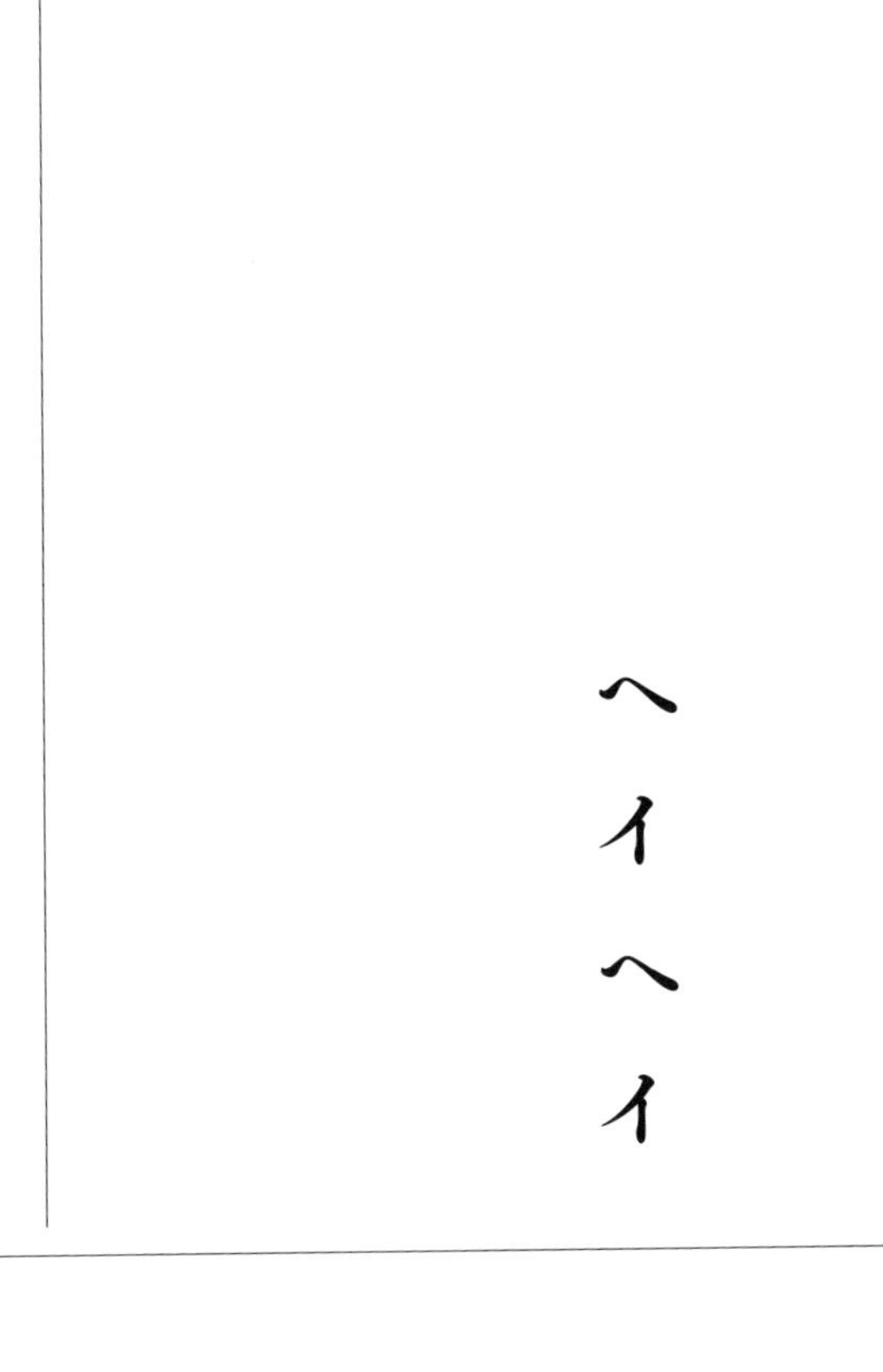
ヘイヘイ

便箋に青いインクがしみてゆくお元気ですか夏のゆうぐれ

ダウンロードのゆっくり進むファイルにはハイアイアイと歌が聞こえる

雲の下にあるかなしみと雲の上にあるかなしみとどっちが軽い

どこかの夏に降り立って
缶コーヒーを飲んでいる
返事を待っているばかり
生きているのかわからない

おもったより、おもったのは、音楽が言葉のなかにあってたのしい

青空のなかにも雲があることのすこしうれしくともだちを呼ぶ

午後からは行き先不明のわたくしでメロンフローズンころころと吸う

砂漠の色の夏の午後
ホットケーキを裏がえす
ナイフとフォーク用意して
宅配便を待っている

蜂蜜の流れる部屋にきみといるなんに濡れたか分からない髪

水風呂に夏のひかりのみちていてあなたの指がおへそをさわる

つめたい雲がまぶしくて
おなかの上におりてくる
あたっているのあたってる
シャワーの水はくすぐったい

燃えがらのような雲だけういている沈んでいるまた起き上がるから

八月になってもなにも起こらない線路の前に立っている影

はちみつ色の道をゆき

ゼリーの壁を指でおす

ヘイヘイというあんただれ

顔があったら見せてくれ

どんなあしたがこようが俺は生きてやる　ガリガリくんはソーダ味だな

『地上で
起きた
出来事
は
ぜんぶ
ここ
から
み
て
い
る』
わたし

「紙飛行機」

そして五時がきて、スーパーの
レジをアフリカが通過する

午後五時のレジのじじじとレシートの青い印字が
今日の出来事

「家」

うつむいても／
両手をあげても／この家がある
耳をかすめる電気バリカンジャスミンの
香りにみちて後ろの老婆

「歩く人」

きょうはキャンプ地まで
ずっと歩かなくてはいけないし

飯盒炊爨はんごうすいさんどうみても火星人やんけ
爨、爨爨、爨爨爨、爨

「クマの森」

八十九年のあいだに／きみは何度かクマになり何度かヒトになる

とろとろとおかゆは椀にあふれつつあしたのゆめに母みて泣かゆ

「専用」

ぼくの首は7つしかない

丸ネジを穴に埋め込むぐりぐりと首はちぎれて防衛大臣

~~「一八〇秒」~~ 八秒

男・シャツ／男・白シャツ／すりへった／ネクタイ／ゆれる／三五歳

「アレンジメント／シンポジウム」

墓場から四人の僧侶召還す出演料はいろはすみかん

みえないものをおまえは
怖がらない

「生物」

80

ぬばたまの
黒いてぶくろ滴れば夏の街路にろうにゃくなんにょ

http://twilog.org/jiro57

わたしの日々が／溜まってゆく／消えてゆく／
すうっと／風の／なか／に／

ざぶん、ざぶん

ざぶん、ざぶん、ざぶれっせん

「エアロバイク洗濯マシーン」

終日ジムに男女は励むあぉあぉと射精のように
ウォッシングマシーン

「ペットボトル水上自転車」

水に浮くペットボトルのどんぶらこ
ばかばかしくてやってられっかい

「ラジオ体操」

（タンタタタタタ）僕には愛がある（腕を前から上にあげて）銃殺

「穴あけパンチ」

雲の上から腕おりてきてまっぴるま
都庁に穴があいたんじゃねえか

「エンピツ」

教室はトンボ鉛筆カリカリと環境依存はなかった

「靴」

わたしの靴とあなたの靴がならんでる彼方の
ここを想ういまどこ

「階段」

いまきみはここを見ていた階段を三段おりて
ここを見ている

「すべり台」

ぎんいろのひかりをすべる少年の
ササササザザザズボン放電

「光」

てのひらは湖だからゆっくりとあわい光があふれてゆくね

ざぶん、ざぶん、ざぶれっせん

かなたからPuffer Trainやってくる今日はいちにち波のまにまに

ざぶん、ざぶん、ざぶれっせん

「マンダリン・コスモロジー」
火薬しめってないかな

あなたの腋のみかんの香りあいしてる宇宙の底にひかりはみちて

「ハロー」

もぎとった収穫は

パンダパンダパンダももいろのちっちゃな赤ちゃん
ハローハローハロー

ブルーブック

1947年、仕様書を暗記するほど読んで、事態に備えた。

何を待っているのだろうかしろがねのパーツは全て
Made in Japan

「(星々のあいだに立つ)」

そのとき私はキッチンで朝食をつくろうとしていた。

それはもうみかんのような太陽だお尻に爪をずぶりと
入れて

「ハンド」

ききたいことはたくさんあるから

てのひらをみせてくださいまんなかの
みかんいろってとってもいいです

「アンダーグラウンド・テレビジョン」

地上の人々にはひみつだ／
ぜんぶここからみている

チャンネルをビチビチ回したことがあるかい
④⑤⑥⑦⑧⑨⑩⑪⑫U①②③

「とおくから星がふる」

でた！　でた！　でた！

カンカンと非常階段おりてゆく
殺しあい助けあい愛しあい

＊題は、河野聡子『地上で起きた出来事はぜんぶここからみている』の各タイトルからの引用です。題に続くフレーズは、同書からの引用です。

「未来」東京大会シンポジウム
「詩歌の未来からの声」

野村喜和夫氏に聞く
「詩型融合のクロニクル」

聞き手　加藤治郎

加藤　こんにちは。今日は、野村喜和夫さんをお招きして吉岡実と岡井隆を中心にお話をお伺いします。野村さんは一九五一年生まれ。戦後世代を代表する詩人で、第30回高見順賞、第21回現代詩花椿賞、第50回藤村記念歴程賞などを受賞されています。詩型融合のクロニクルということで、野村さんに協力いただいて年表を作りました。近代から現代、一冊に複数の詩型を収録した作品集の年表です。与謝野鉄幹の『東西南北』から太田水穂『つゆ艸』、正岡子規の『竹の里歌』、窪田空穂の『まひる野』、それから戦後、岡井隆の『木曜便り』から最近では中家菜津子の『うずく、まる』まで、野村さん、まずこの年表を見ていかがでしょう。

野村　はい。野村です。よろしくお願いします。そうですね、結構あるなっていう感じがしますね、

89

詩型融合の試みというのは。最初の与謝野鉄幹のあたりは、詩型が分かれる前の混沌とした状態なのかもしれないのですが、現在に至るまで思ったよりも三詩型の間で、短歌、俳句、現代詩の間で、特に歌人が意欲的に隣接するジャンルに触手を伸ばしているなという感じがしますね。逆に俳句の人は、ほとんどやっていない。

加藤　そうですね。俳句の人はほとんどないですね。年表にある辻征夫さんの『俳諧辻詩集』は、お読みになっていかがでしょうか。

野村　面白い試みだと思いましたね。辻征夫さんは、余白句会という詩人グループがまあ半分遊びで句会をやって楽しんでいるという、そういうグループにいたことがありまして、その成果がこの『俳諧辻詩集』にもなっていると思うんですけれども、おおむね詩人は俳句が好きなのかなと思って、遊びでちょっとね、やっているかもしれませんが、詩人で俳句をやっている人はかなり多いんじゃないですかね。逆に、俳人で詩を読む人はほとんどいないですね。ですから一方的な我々詩人の側からの片思いなんですけどね。はい。

加藤　わりと俳句と詩はなじみやすい感じです。

野村　そうですね。

加藤　詩と短歌だと、短歌が入ってくると、詩の流れがぶちぶちになって切れてしまうんですけれど『俳諧辻詩集』のように、最初に俳句があって、なだらかに詩に移行するという。

野村　仰るとおりです。

加藤　読みやすいですね。その『俳諧辻詩集』で辻征夫さんが「覚書」でお書きになっています。「現代詩というこの器こそ、短詩型文学の遺産をすべて引き受けうるものではないか」。また「遊びごころと本気」では「江戸以来の俳句は簡潔な認識と季節感の宝庫であり、それは気がついてみれば現代詩にとっても貴重な遺産だった」と仰っている。もしこれやられたら、もう現代詩に全部持っていかれるようなちょっと怖いところがあるんですけれど。

野村――いやあ、あの、詩人がすべて辻さんのように出来る訳ではないですからご安心いただければと思います。

加藤――それで、この年表に三つ詩型融合のパターンがあると書いたんですけれども、一番が統合型、一人の作者が終生、複数の詩型で作品を発表する。与謝野鉄幹、正岡子規、北原白秋、岡井隆、高橋睦郎です。二番目の通過儀礼型が多いんですね。萩原朔太郎、宮沢賢治、中原中也、立原道造、そして、吉岡実です。野村さんは、若いころ、短歌作っていたということはありました？

野村　意識的にはないですね。あの、遊びでやったことはありますけれども、作ろうと思って作ったことはほとんどないですね。

吉岡実『昏睡季節』をめぐって

加藤　今日はこの年表の一九四〇年、昭和十五年にあります吉岡実の『昏睡季節』のお話を伺おうと思います。で、代表作である一九五八年の『僧侶』から入ってみたいと思います。引いたのは「僧侶」の6です。「僧侶」は九つの短詩からなっています。

四人の僧侶
井戸のまわりにかがむ
洗濯物は山羊の陰嚢
洗いきれぬ月経帯

三人がかりでしぼりだす
気球の大きさのシーツ
死んだ一人がかついで干しにゆく
雨のなかの塔の上に

野村さん、この『僧侶』っていう詩集は、詩人たちにはどういう形で受け止められた、どのあたりが衝撃的だったんでしょうか。

野村　はい、僕が思うに、やはり全体としてこう非常にシュールレアリスティックなイメージが提示されていたということだと思うんですね。まあ、シュールレアリズムというと、戦前からヨーロッパから輸入はされていたんですけれども、当時のモダニズムという感じですかね、そういう歴史はあるんですけれど、いまひとつなんていうんですかね、こう軽いと言ったらいいんですかね、重みがなかったんですね。リアリティがなかったというんですか。それが戦後になってこの吉岡実という詩人が『静物』それから『僧侶』という詩集によって非常に重みのあるシュー

―ルレアリスティックのイメージを提示したということがその戦後の現代詩にかなり大きな影響を、ショックを与えたんじゃないかと思います。

94

加藤　野村さんは『現代詩作マニュアル』で「吉岡実の登場によって、モダニズムという『詩の革命』の系はその戦前からの連続性を大いに回復し」という仰り方をしているんですけれども、それは吉岡実は、北園克衛のようなモダニズムに実存的な何ものかを加えたということでしょうか。

野村　そうです、仰るとおりですね。たとえば吉岡実と同世代のいわゆる「荒地」の詩人たちというのは、その多くは戦前のやはりモダニズム系の雑誌に載っていた詩人なんですけれども、鮎川信夫に典型的に見られるように、その自分の来歴をですね、モダニズムから出発したという来歴を敢えて否定するようなところから戦後の活動を出発させていったわけですね。それに対して吉岡実はとくにそういう自分の来歴を否定することもなく、むしろ肯定的にそれを活かしていこうという、そういう面があったと思いますね。

加藤―あの、昭和のモダニズムというのは、やはり現代詩とは位置づけない形でしょうか。

野村―まあそれは微妙なところですけれどもね。

加藤―ええ。

野村―ええ。

加藤―やはり戦後詩イコール現代詩という。

野村―うーん、どこに現代詩の起点を求めるかというのは非常に重要なところなんですけれどね。いくつかの見方があります。

加藤―はい。で、吉岡実の出発点である『昏睡季節』、一九四〇

96

年刊行です。吉岡実二十一歳です。序歌一首、「昏睡季節」という詩が二十篇と「蜾蠃（すがる）鈔」という短歌が四十四首、旋頭歌二首が収録されています。戦争に行く前に詩集を出したいという吉岡実のごくプライベートな詩集という位置づけになるのでしょうか。

野村　はい。

加藤　『昏睡季節』という一冊に出会うことは困難なように見受けられるんですが、どういった形で『昏睡季節』に出会いましたか。

野村　『昏睡季節』という詩集の存在は知ってたんですけれども、吉岡実自身がそれをあまり公にしなかったものですからね。実際に『昏睡季節』を見るようになったのは『吉岡実全詩集』が出てからなんですね。これ何年だったかな。一九九〇年代の半ばごろだと思うんですけれど、吉岡実が死んで、五、六年経ってからだと思うんですが、これが出てはじめてこの中に『昏睡季節』がおさめられたものですからね、そこであの、一般読者にはじめて『昏睡季節』という幻のまあ、処女詩集といっていいのか、それがあの、一般の目にさらされた訳です。で、あの、いわくがありましてね、ちょっと余談、脱線になっちゃうんですけれども、この全集、筑摩書房から出たんですけれども、実はここに大変な落丁がありましてね、『昏睡季節』の冒頭の詩篇が欠落しちゃったんです。

加藤　わ、そうなんですか。

野村　ええ。『昏睡季節』の完本、あの、要するに初版本を元にコピーをして、それをこの全集におこした訳なんですけれども、そのコピーする時にですね、どうも最初のページをコピーするの忘れちゃったのかな。いや、僕も一度やったことがあるんですけれどね。あとで焦りましたけれど。あの、それで、最初に『昏睡季節』は「春」という詩から始まるんですけれどね、「春」という詩がなくて「夏」から始まっちゃってるんですね。で、これは大変だっていうことで、筑摩書房は、慌ててしまいまして、実はこれ刷り直しているんですね。いったん発売したんですけれど、それを全部回収して「春」という詩篇を新たに冒頭に持ってきたのを作り直して、また配った訳なんですが、その僕が持っているのは最初の、まだミスに気がつかない時の全集でして、ですからそういう意味でこれ、非常にレアなんですね。まあ、そういういわくがありましてね。とにかく、呪われたっていうと大げさかもしれませんけれども、吉岡実自身も苦笑いしているんじゃないかな。吉岡実の詩集なんですが、公平な目で見ると『昏睡季節』はうーん、ちょっと落ちるんですよね。若書きですから仕方ないところがあるんですけれど、特に僕は短歌の部分が、短歌は全く素人で、読めてないんですけれど、短歌が駄目なんじゃないかなと思うんですけれども、いかがでしょう。

野村—ああ。

加藤—はい、結局この全集の『昏睡季節』の中の「蜾蠃鈔」という部分は、全集巻末の付録みたいな形になってしまっています。一冊の著作が全集の中で分断されるっていうのは、私、そういう例を知らないんですけれども。

加藤　もし詩と短歌がセットになって全集に収められていたら、だいぶ吉岡実の印象が違ってくるんじゃないかと思うんです。

野村　まさに仰るとおり。なんだこれ白秋じゃないか、っていうね。あの吉岡実自身が、その白秋の模倣で短歌を書いてみたっていうことをどこかで書いているんですね。ですからこれが吉岡実にとっては、自分でやった若気の至りで、我慢ならなかったんじゃないかなと思うんですね。それで長いこと公表しなかったんですね。で、公表したのは結婚式の引き出物としてです。結婚式の時に、この最後の「蜾蠃鈔」、あの『昏睡季節』では「蜾蠃鈔」となっているんですけれどね、結婚式の時に、すごく晩婚だったんですけれど、四十過ぎてからだったんですけれども、『魚藍』と名前を変えて、ここに載ってた歌集をまた新たに作り直して、それを皆さんに配ったんですね。ですから、限定七十部ぐらい。それなら恥ずかしくないんじゃないかと思ったんじゃないでしょうかね。

加藤　そのあたり、吉岡実の短歌形式への愛憎の、愛の部分があると思うんです。

野村　うん、うん。

加藤　あの、今日持ってきたのは深夜叢書版の『魚藍』なんです。結婚式の引出物で配ったあとにまた単行の歌集としてまとめられたんです。そこでこんなことを書いているんですね。「救済を願う時」というエッセイで初出は「短歌研究」の昭和三十四年八月号です。結婚ということで「とにかくまわりの幾人かが祝ってくれた。その人たちにささやかでも心のこもったものをくばりたいと思った。私たちにとっても、他の人たちにとっても生涯記念になるものを」。そして「貧しくも父と母と暮していた幸せな日々にうまれた、この幼稚な短歌に《魚藍》と名付けた」と記しています。

野村　うん。

加藤―何かのこの、自分の幸せな父母との思い出を兵隊に行く前の作品集として残した。

野村―そうです。

加藤―その序歌が

あるかなくみづを
ながるるうたかた
のかげよりあはき
わかきひのゆめ

とても儚い、水の泡よりもっと儚い、そのかげよりも儚い自分の若き日の夢。そういった詩歌集ですよという。この歌はいいです。

野村　ええ。そこにあらわれているように、まあ、出征する前にですね、要するに兵役にですね、徴兵されて、兵役にとられる、その時に慌てて今まで自分の書いたものを全部まとめて、その、遺書のようなものを作って、それを残して自分が兵隊として戦地に行くという、そういう気持ちが作らせた詩集、まあ詩集というか文集なんですね。

加藤　ええ。『昏睡季節』の献辞に「ちちははに」という一言があることが象徴的で、とてもプライベートな作品集です。

野村　そうですね。

加藤　それで、おそらく短歌は北原白秋流なんですけれど、詩は、難解です。『昏睡季節』から「冬」という詩を引用してきました。「春」「夏」「秋」「冬」の「冬」のです。

褐色な牡蠣の液汁が街を蔽ひ
時計の針は北へ折れ曲る
赤馬の鼻孔に夜行列車が到着した
地殻と粗い舌へ蠟燭の焰ゆらぎ
娼婦の骨盤に羽をひろげて鴉が下りる

これは、モダニズムの詩と位置づけられるのか。どう読んだらいいかよくわからないところがあるんです。

野村　まあ、たしかにたとえば北園克衛なんかの軽いあの言語実験みたいなものとは明らかに異質ですよね。むしろまあ僕は、特にこの、なんだろな、最後の「娼婦の骨盤に羽をひろげて鴉が下りる」というようなイメージなんかは、あるいは「褐色な牡蠣の液汁が街を蔽ひ」なんていうイメージを見ますと、あの、戦前のモダニストの中で非常に特異な位置を占めているはずの左川ちかを思い出しますね。左川ちかがもし男性であったらこういう詩を書くんではないかと思いますね。ええ。

加藤　なるほど。で、この「春」「夏」「秋」「冬」をどう読むかということです。高橋睦郎さんが吉岡実の没後刊行された句集『奴草』の序文でこう書かれています。「それぞれの第一行が、ほとんどモダンな自由律俳句なのだ」と。「冬」の例でいうと「亜鉛の錘が雪の蝿をつぶす」これはモダンな自由律俳句だという。そうするとこの一連全体が、自由律俳句が並んでいる、そんな見方も出来るんではないかと思うんです。

野村　それは重要なご指摘ではないかなと思いますね。この一見自由律俳句を思わせるような、断片っていうんですか。断片の集積が、あの、全体の大きなテクストになっているっていうスタイルは、吉岡実の場合、最後まで変わらないですね。

加藤　一行一行が独立して、最初出されたイメージが次の二行目で否定されたり変形させられたり、そういった展開ですね。

野村　独特のリズムを、やや単調なといってもいいくらいの、独特なリズムを作り出していくんですけれど、これはですね、小さい頃に習得したものっていうのは終生そこから抜け出ることが出来ないのか、おそらく無意識のうちだろうと思うんですが、最後の作品まで貫いてますね。吉岡実は。

加藤　思潮社から北園克衛の詩集が刊行されて手に取りやすくなりました。で、『記号説』という選集を持ってきました。吉岡実が影響を受けたという『白のアルバム』『円錐詩集』の作品も収録されています。『円錐詩集』から一篇「MIRACLE」という詩を読んでみます。

夏の踊子は片足をあげて沈んでゆく。とつぜんに水平線がちぎれて純白の塔のうへに菫色のヨットが現はれてくる。

――まさに一行一行が独立して、短いイメージがどんどん破壊

―されて連なっていく。これがモダニズムなんでしょうか。

野村―ええ。まあでも、たとえば西脇順三郎の詩行の流れは、まったく今の北園克衛と違いますからね。むしろ、こう無限、無窮運動のように、どこが切れ目なのかわからない語りでずっと続いていくようなのもありますから、まあモダニズム一般がそうであったかどうかはともかくとして、いかにも北園克衛的な文体ではありますね。

106

加藤―はい。北園克衛の軽やかな感じと吉岡実とは違う。吉岡実の俳句の経験が功を奏したか、逆に詩としては重くなってしまったかというところがちょっと微妙ということでしょうか。

野村―ええ、そうです。

加藤―もう一篇、読んでみます。「昏睡季節2」です。

107

牛乳の空罎の中に
睡眠してゐる光線と四月の音響
牡猫の耳のやうに透けてうすく
砂の上に日曜日が倒れてうづまる
麺麭が風に膨らむと卵は水へながれ
茎には花の影が手をひろげて傾く
眠り薬を嚥みすぎた男が口を尖らし
銅貨や皺くちやの紙幣を吐き出す
夜を牽いて蝙蝠が弔花をとびめぐる

—難解というか、重い。

野村　ええ、これわりとモダニズムにあった、戦前のですね、モダニズムにありがちな手法だったと思うんです。連想の赴くままにこう書き留めていってという感じですけどね。ただその中に、独特の吉岡的な、のちに世界が展開していく、その兆しみたいなものは窺えますけれどね。たとえばここに卵というイメージが出てきますけども、戦後の吉岡実の世界のまさにその核心というか中心に存在する事物が卵ですからね。そういう意味では片鱗が窺えるんですけれども、全体的な手法としてはよく戦前のモダニズムにあった書き方ですね。ところが、一語一語が、やはりなんと言うんでしょう、漢語による力があるかもしれませんが、確かに仰るように、重いなという感じがしますすね。はい。

加藤―自由律俳句の連作が並んでいるようでもあり、それが北園克衛流のモダニズムの、詩の一行一行を破壊しながら突き進んでいくスタイルと似たという点が面白いです。

野村―はい、ええ。

加藤―『昏睡季節』前半のモダニズムの詩と比べると、どこかノスタルジックな後半の「蜾蠃鈔」という短歌がある。こんな

—歌です。

さみしさは黄なる真昼に眉をひく娼婦の乳房のつかれたるいろ

二十歳そこそこの青年にしては、成熟している感じがしますけれど、いかがでしょう。

野村—はい、むしろ、そう。

加藤—ちょっと退廃的な。

野村—うん。これはこれからの吉岡実の読み方にもなると思うんですけれどね、あの、わりとあまり指摘されていないことかもしれませんが、吉岡実のエロティシズムがあるんですね。なんて言ったらいいのか、普通のエロティシズムですね。独特のエロティシズムではないんですよね。言っちゃえば不毛なエロティシズム。性の不毛と言いますかね、ようするに生殖とか生産とか豊饒とかそういうところに行かない変態的なエロティシズムですね。それが戦後の吉岡実に出てくるんですが、ちょっとこの「乳房のつかれたるいろ」っていうのが、その予兆みたいな感じで面白いですね。それと、吉岡実は白秋の模倣で短歌をはじめたと彼自身が言っている訳ですけれど、白秋の代表的な歌集といったら『桐の花』ですね。あれは、となりの人妻とのスキャンダラスな恋愛事件がベースになっているわけですけれども、もしかしたら吉岡実はそのへんに憧れたのかもしれないですね。人妻みたいな乳房ですね、これねえ。まあ娼婦とありますけど。うん。なんか性の禁忌というんですか、タブーといいますか、そういうものに触れるような領域にある言葉に関心を持っていたのではないかという気がするんです。

加藤―若書きの短歌にも終生貫く何かがある。

110

野村―うん、出てくるんですね。

加藤―それで、先ほどの年表で、私がとても驚いたのが、中原中也の『在りし日の歌』の刊行が昭和十三年で、吉岡実の

――『昏睡季節』が昭和十五年です。

野村―ああ、はい。

加藤―驚きます。

野村―すごいびっくりですね。

加藤―中原中也は近代の詩人、吉岡実は現代という固定観念だったんですが、ほぼ同時代というか。

野村―うん。

加藤―で、中也は、七五調の音数律詩で来ている。このあたり、近代と現代が交差している。

野村―いや、びっくりしちゃいますよね、ほんとにね。で、出発はだいたい中也も白秋ですからね。そういう意味で言うと意外に吉岡実の出発点も、あの、まあ近代っていう訳ですね。そんな変わらないところから出発しているということが、こう、見えてくるのかもしれませんね。それは実に不思議な現象ですが。

加藤―はい。

野村―ただまあ、そういう同時性みたいなものが日本の近代文学の特徴と言えば特徴ですよね。いろんなものが、ヨーロッパでは時系列的にこう、ロマン主義から自然主義へ、自然主義から象徴主義あるいはシュールレアリズムへというふうに、割と時系列的に手順を踏んでつぎつぎと文学思潮が変化していくわけですけれども、日本の場合はそれらが明治以降、ほとんど同時にどっと全部入ってきてしまったという、そういう文化の受容の仕方も関係があるんじゃないかなと思うんですけれどね。

加藤―そういった見方をしていくと「僧侶」もそうですが、このイメージの展開の素早さは特異です。

野村　素早さ〈モダニズム〉と重さ〈実存〉が同居しているわけです。吉岡実がよく言っていたらしいんですけれど、僕の詩にあらわれるイメージというのは、決して絵空事ではなくて、実際に自分で見たものなんだ。その見たという、あるいは見えた、の方がいいかもしれませんが、そういうことを強調しているんですね。観念的にこう、何か言葉と言葉を組み合わせてひねり出したイメージというよりは、どこかで吉岡実のたとえば戦争体験とかですね、そういう実存のどこか基底的な部分と触れ合って、はじめて吉岡実の言語としてぽっと出てきたイメージなんじゃないかなという気がするんですね。それが他の詩人の作品ではあまり味わえないような衝迫力をもっている理由ではないかと思うんですけれどね。

引用の詩学、吉岡実と岡井隆

加藤　北川透さんが「戦後最大のメタファーの詩人から、引喩の詩人へのみごとな転回」と吉岡実のことを『詩的レトリック入門』で書かれています。吉岡実の引用について、後でお伺いする岡井隆との比較においてお聞きしたいと思います。

野村――はい。

加藤――私あの、非常にびっくりしまして。

114

野村――うん。

加藤――吉岡実の引用っていうのは、たとえば括弧で引用して、実は自分の言葉が引用されていたり、一見引用を思わせる括弧が必ずしも引用でない。括弧の外にも引用があるし、その、自分の言葉が括弧で引用されていたり、もうあの、何が引用だかわからないようなところが特に『夏の宴』以降にあります。とても驚くんですけれど、これをどういう風に考えたらいいんでしょうか。

野村　あの、まさに仰るとおりですね。吉岡実の引用の詩学っていうのは、また独特のものがありましてね。他の人がやったことがないような、あるいは真似できないようなところがありまして、それは今加藤さんがまさに仰ったように、その、引用、これは引用ですよということを、括弧を多用することによってことさらにこう強調することによってですね、かえって引用の詩学自体をまあ崩壊させてしまうといいますかね。あの、引用であって引用ではない。「はん引用」の「はん」が、まず最初は「あまねく」の「汎引用」なんですが、それがいつの間にかこの「アンチ引用」の「反引用」にこう反転してしまう、その瞬間がまさに吉岡実の詩学で、まあちょっと真似できないですね。ええ。

加藤　こういった引用のスタイルは、吉岡実独自のもので、他の現代詩人にはない。

野村―だと思います。

加藤―そうですか。

116

野村―他にちょっと類例を見たことないですね。普通引用っていうのは、こう、引喩という言い方もあるくらいで、その、引用っていうのは自分のそのテクストの中に、自分の本文の中に他者の言葉を溶け込ませるように引用するのが普通です。つまり引用であることを解らせないようにね。たとえば引用を駆使した詩の、古典的なモダニズムの詩の例としては、一番有名なのは、エリオットの『荒地』だと思うんですけれどね。『荒地』なんか読むとおわかりのように、たくさんの引用から成り立っているんですけれども、それは解らないんです。本文に溶け込んじゃっているので。で、それがまあ普通の引用の詩学で、ほとんどの引用がそういうふうにして、本文に溶け込むような感じで引用されていくんだと思うんです。まあ後になって注でこれを参照しましたと書くことがあっても。ところが吉岡実は最初っから括弧でこれは引用ですっていうことを明らかにことさらに知らせるんですね。その結果あの、さっき加藤さんが仰ったように自分の言葉もじゃあ括弧の中に入れれば引用に一応形式的にはなり得るというような、

—変な世界を作っちゃったんですね。

加藤—すごく不思議で。あの、で、もう引用詩はやめると宣言したわけですね。

野村—はい、はい。

加藤—『夏の宴』で。

野村—そうなってます。ええ。

加藤—そうするとこの『薬玉』や『ムーンドロップ』、これはもう引用ではない。

野村—うん。「アンチ引用」にもうなっていますね。もうね。ええ。

加藤――そうするとこのたとえば『ムーンドロップ』の「苧環」という長い詩のほんの一部分を引いてきたのですけれど

狭霧（さぎり）立ちのぼる

（骨の山）

「象形文字が翼を開く」ように

（斑鳩（じゅずかけ））は翔び越える

「これは杉戸に描かれた泥絵」か

――この括弧というのは引用じゃない…。

野村――なんだかよくわからないですけどね。あの、言ってしまえばたくさんこう、仕切りがある、たくさん仕切りがある箱をあらかじめ用意して、まあ、仕切りが括弧ということですけれどね、その仕切りがある箱をあらかじめ用意して、そこに吉岡実という主体がいろいろなところから採集してきた言葉をこうまあ、ある意味、順不同にこう、箱の中の仕切りに並べていって、そしてできあがる全体としての、平面と言うんでしょうかね、絵巻のようなこう、一種錯雑とした平面があらわれてくるというような、それは線としての詩というより、面として読まれるべきテクストとして提示されているというような。あの、なんかそういうふうに最後はなっていくんですね。で、

加藤―もう引用でもなんでもない。

野村―なんでもないというような、たとえば言葉がこう、うようよと自己組織的にこうあるというふうに。

加藤―漂流していくような感じですかね。

野村―うん。なんかそんな感じ。

加藤―あの、そこが、岡井隆の引用と際だって違うところで。

野村　はい。

加藤　岡井隆は注解詩という領域を作った。詩集『注解する者』でこう書いています。「注解するものはテクストの従者であって忠実にそれにより添はないと駄目」これ、全く吉岡実の引用とは反対の立場です。

野村　はい。はい。

加藤　忠実でなければいけないと。

野村　そうなんです。まあ好対照と言ってもいいかも知れませんが、僕は岡井さんの引用の詩学、方法というのはむしろ翻訳ではないかと思うんですね。あの、原典、プレテクスト、前のテクストがあって、それを自分の注釈という行為を介して、別のテクストにこう変異させる、あるいは移す、まさにそのトランスレーション。あるいは、フランス語で翻訳のことをトラディクスィオン（traduction）と言いますけれども、動詞形はトラデュイール（traduire）で、トライール（trahir、裏切る）と音通します。つまりその注解という行為を通して、前のテクストをある意味、裏切ってですね、それとともに、テクスト間交流というんですか、それを試みられて、そしてあの新しい成果をあげたのが、岡井さんの一連の注解詩、あるいは注釈詩という現代詩ではないかなと思っているんですが。

加藤―で、

野村　それで、そういう理解をしてたんですけれども、あの、さっき岡井さんの話を伺って腑に落ちるところがありましてね。で、あの、最初岡井さんが思い出話をされて、で、北里病院に赴任された時に、病理学教室に回されて、解剖をやらされて、その遺体をあるルールにそって切り開いてそこから臓器を出してですね、持ってくるという話をされて、あ、岡井さんの現代詩のお仕事の原点はここだと思ったんですね。つまりちょっとこう解剖に似たような。テクストを解剖する。そういう思いが、というか手つきというのがですね、似ているような気がするんです。あの、解剖という行為と、岡井さんの注解という行為のあいだで。

加藤―なんかこの、感触を楽しんでいるような。

野村―うん。まあ、どうですか、そこまで言えるか解らないですけれど（笑）。

加藤―今日、会場でも販売していますけれど『ヘイ龍カム・ヒアといふ声がする（まつ暗だぜつていふ声が添ふ）』。もうこれはあの、詩型融合という範疇を超えて、自由詩や対話、ノートありとあらゆるものが入っていて、まさにこの平出隆との対話の中にある「総合的な精神の存在」というところまで来ている。

野村―うん。うん。

加藤―この『ヘイ龍…』についてどんな感想をもたれますか。

野村　いやまさにその通りだと思いますが、同時に、時代に敏感に反応しているというか、岡井さんのような試みがわりと増えているような気がしますね。総合的な、それぞれのジャンルの枠を取っ払っちゃって、一冊の本の中にさまざまな手法、ジャンル、さまざまなエクリチュールを混在させて、全体として提示する。まあそうですね、昔で言えばヴァレリーがやっていたような仕事を一冊の本の中でやってしまう。ぱっと思いつく例ですとたとえば、ぜんぜん岡井さんとはタイプがちがいますけれども、吉増剛造さんのあの一連の本なんかも、なんだかむちゃくちゃですから、やっぱりその、現代を象徴しているような感じがしますね。

加藤　はい。『へイ龍（ドラゴン）…』Ⅰの詩集から「帰宅困難者の帰路探し／万葉集入門」を引いてきました。3・11のときの詩ですね。

結論だけいふと「小草（をぐさ）壮丁（を）と小草助（すけ）壮丁（を）と潮舟（しほぶね）の並べて見れば小草勝ちめり」（『万葉集の鑑賞及び其（その）批評』）の赤彦へ還つたわたしは東歌（あづまうた）の示唆するままに素直に小草（をぐさ）をえらんであかつきの潮舟すなはちタクシーを拾ひ

五日市（いつかいち）街道沿ひに一気に帰還した　ただし帰宅といつたつて〈家〉だらうか　東国は武蔵の野の中に建つマンションの一室に待つ妻といふ家のもとへ帰つたのだつた

――最後は、めろめろの相聞で、こう素直な気持ちになるところが赤彦なんだと言っているわけですね。

野村――うん。

加藤――タクシーのことを潮舟というあたり、あの3・11の中でこれだけ、ゆとりというか、昇華した詩を他に知らないです。このあたりの万葉集との距離の取り方は…

野村――まあ巧みと言うしかないですけどね。

加藤　ええ。

野村　そういったテクストとの関係の仕方というのは、広い意味での翻訳行為だと思いますね。先行するテクストを自分のテクストに取り込みつつ活かしていくという、まあある意味ではオーソドックスな、解剖医の手つきに似たものではないかなと思うんです。で、特に僕が感動したのはですね、この詩集の中に入っている、吉本隆明との交響といいますか響き合いといいますかね。ちょっとあれは感動ものですので、まだお読みになっていない方は是非読んで欲しいと思うんです。

加藤　「吉本隆明没後に書いた歌と文」ですね。

野村　ええ。まずエピグラフに吉本隆明の「固有時との対話」という散文詩の一部分が掲げられているんですね。で、それに対して岡井さんがそれと響き合うように書いた岡井さん自身の短歌が、本文としてこう並んでいるわけなんです。あの、旧作ではあるんですけれどね。そしてその次の行に今度は括弧をつけ、今度はその自分の書いた短歌、まあ文語調の短歌だったものですから、自分の書いたその短歌をですね、今度現代語、口語訳に、自分で翻訳しているんですね。要するに三段階のテクストを示しているわけです。もとの原テクスト、つまり吉本隆明の散文詩、それがエピグラフ、それから自分のかつて書いた短歌、これは本文、それからそれの現代語訳、自分による現代語訳、これは、なんだろう、注みたいなものですかね。ところが、読み進めていくうちに、そのエピグラフ、本文、注、あるいは原テクスト、テクスト、さらにその翻訳という関係がこうめまぐるしく交差して、こう役割を交換しつつ全体としてひとつの作品を立ち上げているというしか言いようがないような、しかもその全体を通して岡井さんの吉本隆明に対する深い哀惜の念に貫かれているという実に感動的な実験作だと思うんです。

加藤―はい、

言ひかへるとわたしはわたし自らが感じてゐる風と光と影とを計量したかつたのだ

―これが吉本隆明のテクストですね。それで、岡井隆の短歌、

なほ暫し曲れる谿に棲まむとす風量計のあはきむらさき

──で、現代語訳を付ける。

（もうしばらく曲りくねつた谿に棲もう、淡いむらさきの風量計のそばで）

──ここまで開いてやらないと今の読者にはわからないという厳しい見方じゃないかと、思いました。

野村──ああ、そうですか。でもこう見たことによって、また少し意味がずれてくるというようなこともあるんじゃないでしょうかね。何となくそんなふうに思いましたけれども。

加藤──引用と言うことでは『暮れてゆくバッハ』も驚きまして、

127

茂吉の本歌は皆知つてるよね。──ただ一つ残して置いた白桃（しろもも）をいま食べ終つたみたいな気分

野村―（笑）

加藤―読者を巻き込んだ引用というのは私、他に例を知らないです。いきなり、あなたのことだよってボールを投げる。

野村―びっくりしますよね。

加藤―引用ということ一つとっても、吉岡実、岡井隆という二人の巨人がなにかとても面白い。

野村―面白いですね。

加藤―ええ。

野村―あの、もう一つ付け加えさせていただけば、岡井さんの引用の方法、詩学というのは非常にクリティークであるということですね。非常に批評的な、メタレベルの記述を必ずと言っていいくらい伴うんですね。あの、まあそれは面白いのか、怖いのかいろいろあるんですけれども、その注解詩、冒頭にね、あのラフカディオ・ハーンを原テクストにしつつ、「側室の乳房について」でしたかね、あれなんか、現代詩と短歌の関係にそれを替えている訳ですよね。念のために言っておきますと、ある大名の奥方がですね、えー、あまりにも大名がその側室を寵愛するものですから、嫉妬の感情に狂って、その側室の乳房を摑んだままですね、息絶えちゃうんですね。で、死んでも離さないんです。なので、じゃあその手首から切り取るほかないだろうっていうんで、手首から切りとって、以来、その側室の乳房は、奥方の手首に摑まれたままの状態で、結局側室も死んじゃうっていうんですけれど、まあラフカディオ・ハーンの奇譚のひとつですが、それをですね、岡井さんはなんと短歌と現代詩の関係に読み替えていくんですね。これはすごいアイロニーというか、まあユーモアといってもいいかもしれませんが、で、結局、現代詩は側室なんです。あの、ずっと短歌の方から乳房を摑まれてるっていうんですよね。怖いって言うのか。

加藤　ありがとうございます。最後にお聞きしたいのは、吉岡実にとって短歌とは何だったのか。あるいは詩人にとって短歌とは何かということです。

野村　はい。あの、事実として述べますとね、最近ちょっと僕も石原吉郎論を書いたことがあるんですが、石原吉郎も晩年に短歌をやってるんです。短歌を、しかも公表してるんですけどね。歌集として出しているんですけれども、これもやっぱり駄目なんですよね。で、なんかね、詩人の書く短歌って良いのを見つけたためしがないんですね。あったら教えて欲しいんですけれども。で、僕は何故駄目なんだろうと考えるんですが。石原吉郎も俳句はね、けっこういい線いっているんですよ。吉岡実もまあ、その作句は公表はしていませんけれども非常に俳句との親和性はあるような気がするんです。逆にたとえば、俳句に晩年狂っちゃった清水昶っていう詩人がいるんですけれどね。清水昶の初期の詩はとてもいいですし、かつとても短歌的です。だから、詩人は、まあ僕も遊びで歌会には出てますけど、下手にですね、あまり短歌なんかやらないで、むしろひっそりこっそり短歌の富を気がつかないように詩の中に入れるのがいいんじゃないかなと僕は思う。根っこは多分どこかで同じなんですよね。吉岡実も白秋の模倣みたいな短歌しか作れなかったですけれども、晩年の吉岡実の言語世界、言語宇宙というのは、さっきも述べたように面的なテクストなんですが、同時にそのシニフィエの雰囲気としては、非常にその祭儀的というか神話的になっているんですね。それは、歌うことの、あるいは詩を書くことの根源に触れたい、そういう晩年の吉岡実の気持ちが非常にこう伝わってくるような感じです。つまりそこでもやっぱり短歌と通底したものを求めようとして、たぶん吉岡実はああいう不思議な作品を書いていたのではないかと思うんです。現代詩とか短歌とかいうジャンルは溶融してしまうような、どこかふれあう根源をむしろ探り当てるようにしてやって行けたらと思う。それは僕の夢ですけれどね。

加藤　はい。今日は詩歌全体の見取り図をお話しいただいたと思います。本当にありがとうございました。皆さん、野村喜和夫さんにもう一度拍手をお願いします。

（二〇一六年八月二十日・東京ガーデンパレス）

記録：柳原恵津子

詩型融合のクロニクル（資料）

制作＝加藤治郎　協力＝野村喜和夫、江田浩司、中家菜津子

詩型横断のパターンには次の３つがある。

① 統合型：１人の作者が終生、複数の詩型で作品を発表（与謝野鉄幹、正岡子規、北原白秋、岡井隆、高橋睦郎）

② 通過儀礼型：若いときに短歌を作り、やがて自由詩へ移行（萩原朔太郎、宮沢賢治、中原中也、立原道造、吉岡実）

③ 融合型：１冊の著作／作品に、複数の詩型を融合（この年表の著者。統合型、通過儀礼型と重なる）

年	著者	プロフィール 詩人	プロフィール 歌人	プロフィール 俳人	詩歌作品集	出版社	収録作品 音数律詩	収録作品 自由詩	収録作品 短歌	収録作品 長歌	収録作品 旋頭歌	収録作品 俳句	収録作品 散文	収録作品 その他	ポイント
1896 明治29	与謝野鉄幹		●		東西南北	明治書院	●		●				●	●	短歌253首、詩53篇、連歌26首
1901 明治34	与謝野鉄幹		●		紫	東京新詩社	●	●	●						短歌310首、詩10篇
1902 明治35	太田水穂		●		つゆ艸	文友館	●		●						短歌273首、詩9篇

1904	明治37	正岡子規		●		竹の里歌	俳書堂			●	●	●		●		短歌544首、長歌15首、旋頭歌12首
1905	明治38	窪田空穂		●		まひる野	鹿鳴社	●		●						短歌293首、詩33篇
1907	明治40	森鷗外	小説家			うた日記	春陽堂	●	●	●	●		●		●	新体詩、訳詩、短歌、長歌、俳句、挿絵
1913	大正2	北原白秋	●			桐の花	東雲堂書店	●	●	●				●	●	エッセイ、随所に短詩、挿絵
1914	大正3	与謝野晶子		●		夏より秋へ	金尾文淵堂	●	●	●					●	短歌767首、詩102篇、挿絵
1915	大正4	森鷗外	小説家			沙羅の木	阿蘭陀書房	●	●	●						訳詩、創作詩、短歌
1921	大正10	北原白秋	●			雀の卵	アルス	●	●	●	●				●	短歌687首、長歌12首、小詩2篇、挿絵
1922	大正11	北原白秋	●			観相の秋	アルス	●	●		●		●			長歌33首、俳句3句、詩文29篇
1934	昭和9	中原中也	●			山羊の歌	文圃堂書店	●	●							自由詩と75調を中心とした音数律詩（音数律詩が4割を占める）

年		1938 昭和13	1940 昭和15	1951 昭和26	1953 昭和28	1962 昭和37	1964 昭和39	1965 昭和40
著者		中原中也	吉岡実	窪田空穂	五島美代子	岡井隆	前登志夫	寺山修司
プロフィール	詩人	●	●					
	歌人			●	●	●	●	●
	俳人							
詩歌作品集		在りし日の歌	昏睡季節	冬木原	母の歌集	木曜便り	子午線の繭	田園に死す
出版社		創元社	草蟬舎	長谷川書房	立春短歌会	（個人詩誌）	白玉書房	白玉書房
収録作品	音数律詩	●				●		
	自由詩	●	●			●	●	
	短歌		●	●	●	●	●	●
	長歌			●	●	●	●	●
	旋頭歌		●					
	俳句							
	散文					●	●	●
	その他							
ポイント		自由詩と75調を中心とした音数律詩（音数律詩が4割を占める）	「蜾蠃鈔」は後に『魚藍』として刊行	短歌620首、長歌2首	短歌429首、長歌2首	葉書を用いた個人詩誌で14信から成る	短歌、長歌、自由詩、散文	「新・病草紙」「新・飢餓草紙」の13話あり

年	和暦	著者				書名	出版社									備考
1967	昭和42	岡井隆		●		眼底紀行	思潮社	●	●	●		●			●	自由詩、旋頭歌あり
1969	昭和44	浜田到	●			架橋	白玉書房		●	●				●		遺歌集。短歌、詩、アフォリズム
1973	昭和48	永井陽子		●		葦牙	愛知県立女子短期大学文芸部			●			●			句歌集。俳句97句、短歌113首
1973	昭和48	塚本邦雄		●		青き菊の主題	人文書院			●				●		短歌と瞬篇小説
1974	昭和49	春日井建		●		夢の法則	湯川書房		●	●						短歌80首、自由詩3篇
1978	昭和53	岡井隆		●		天河庭園集	国文社		●	●				●		短歌、散文詩の融合
1987	昭和62	高橋睦郎	●			稽古飲食	善財窟			●			●			句集「稽古」、歌集「飲食」
1988	昭和63	岡井隆		●		天使の羅衣（ネグリジェ）	思潮社			●				●		共著、組詩の試み
		佐々木幹郎	●						●					●		
1996	平成8	辻征夫	●			俳諧辻詩集	思潮社		●				●			詩の一行としての俳句が詩に自由と様式を与える

年	著者	プロフィール			詩歌作品集	出版社	収録作品								ポイント
		詩人	歌人	俳人			音数律詩	自由詩	短歌	長歌	旋頭歌	俳句	散文	その他	
1996 平成8	江田浩司		●		メランコリック・エンブリオ 憂鬱なる胎児	北冬舎			●			●			短歌903首・俳句33句
1997 平成9	谷岡亜紀		●		香港 雨の都	北冬舎		●	●				●		短歌、自由詩、ノート
1998 平成10	加藤治郎		●		昏睡のパラダイス	砂子屋書房			●	●					現代長歌2首
2000 平成12	江田浩司		●		新しい天使 アンゲルス・ノーヴス	北冬舎		●	●			●	●		短歌、俳句、自由詩、散文の融合
2008 平成20	柴田千晶	●		●	セラフィタ氏	思潮社		●	●						藤原龍一郎の短歌に差し込まれた詩篇
2010 平成22	千葉聡		●		飛び跳ねる教室	亜紀書房			●				●		学校での日々を描いた短歌とエッセイ
2012 平成24	瀬戸夏子		●		そのなかに心臓をつくって住みなさい	私家版		●	●						自由詩と短歌が作品レベルで融合

2012	2013	2014	2015	2015	2015	2015	2016	2016
平成24	平成25	平成26	平成27	平成27	平成27	平成27	平成28	平成28
柴田千晶	岡井隆	青山みゆき	中家菜津子	岡井隆	小川軽舟	野村喜和夫	大口玲子	江田浩司
●		●	●			●		
	●			●			●	●
●					●			
生家へ	ヘイ龍カム・ヒアといふ声がする（まつ暗だぜつていふ声が添ふ）	赤く満ちた月	うずく、まる	暮れてゆくバッハ	掌をかざす	久美泥日誌	神のパズル	想像は私のフィギュールに意匠の傷をつける
思潮社	思潮社	思潮社	書肆侃侃房	書肆侃侃房	ふらんす堂	書肆山田	すいれん舎	思潮社
								●
●	●	●	●	●		●		●
	●	●	●	●		●	●	●
								●
●			●		●			●
	●		●	●	●		●	●
●	●			●			●	
俳句に導かれる詩、イラスト	短歌、自由詩、エッセイ、対談を収録	「未来」発表の短歌が一行詩として収録	短歌250首、詩13篇	短歌、自由詩、散文、挿絵（スケッチ）	俳句日記	自由詩の中に短歌が組み込まれている	短歌、講演録、時評、エッセイ	自在に詩型が融合したオンデマンド詩歌集

Beginning

（年末にTwitterで）

2017年12月28日

加藤治郎　ありがとう！ 来年、『Confusion』という歌集を刊行する予定です。岡井隆の『へイ龍カム・ヒアといふ声がする（まつ暗だぜつていふ声が添ふ）』のスタイルです。では、また、いつか遊びに来てくださいね。写真は、私の書斎です。

山本浩貴　新しい歌集を出されるんですね！　すごく楽しみにしています。タイトルもとてもかっこいいです。いぬのせなか座も、各媒体での活動や、叢書など、諸々慌ただしくなりそうです。またお知らせできればと思います。書斎からの眺め、すてきですね。ぼくは東京のどまんなかのただただ窮屈な部屋にずっといるので、まいったなあという気持ちです。年末年始、実家（山のうえにあります）に帰っているあいだは、自然だらけで広々とした騒々しさですが……。ぜひまた、お会いできるのを楽しみにしています。どうか、よい年末年始をお過ごしください。

加藤治郎　ありがとう。詩型の融合ということを考えてきました。想定するのは、短詩型文学愛読者。その先にさらに多くの読者がいます。

山本浩貴　なるほど、それはいっそう気になります。詩型の融合は、自分たちにとってもすごく大きな、身に迫った問題です。微力ながら、さまざまなジャンルの読者につながるようご協力できればと思っています。なにより手に取るのがほんとうに楽しみです。

2017年12月29日

加藤治郎　こんにちは。ありがとうございます。『Confusion』は、書肆侃侃房から刊行です。まだ、私案の段階ですが、いぬのせなか座に、レイアウトのプロセスをアウトソーシングしたいと思っています。いかがでしょう。こんなフローです。

テキスト作成　加藤治郎

↓

レイアウト・装幀　いぬのせなか座

↓

印刷・製本発注　書肆侃侃房

↓

販売　書肆侃侃房

山本浩貴　びっくりしました！　自分たちなどでつとまるのかと思いつつ、ぜひ、取り組ませていただきたいです。ほんとうにありがとうございます。スケジュールや条件など、もし詳細がありましたら、決まり次第でも結構ですので、お知らせください。

初出一覧

スプーン　「KanKanPress ほんのひとさじ」2016年1号〜4号

観覧車　「未来」2015年1月号〜2015年9月号

平和について　「未来」2015年10月号、2015年11月号

中原中也への旅　「未来」2015年12月号

たんたんと　「未来」2016年1月号、2016年2月号

緊急シンポジウム周辺　「未来」2016年3月号／日本経済新聞2015年12月27日「回顧2015」

MRI　「未来」2016年4月号〜2016年8月号

夏の光の中へ　「週刊朝日」2016年7月15日号

仮仮置場　「未来」2016年9月号〜2016年12月号

平和園祭　「未来」2017年1月号〜2017年6月号

静かな朝に　「未来」2017年7月号〜2017年12月号

ヘイヘイ　「詩客」サイト 2017年8月5日

『地上で起きた出来事はぜんぶここからみている』わたし　「いぬのせなか座」サイト 2017年8月27日

野村喜和夫氏に聞く「詩型融合のクロニクル」　「未来」2017年2月号

■著者略歴

加藤 治郎（かとう・じろう）

1959年、名古屋市に生まれ、現在も在住
未来短歌会選者、毎日歌壇選者
Twitter : @jiro57

「現代歌人シリーズ」ホームページ　http://www.shintanka.com/gendai

現代歌人シリーズ21

Confusion

二〇一八年五月十二日　第一刷発行

著　者　加藤 治郎
発行者　田島 安江
発行所　株式会社 書肆侃侃房（しょしかんかんぼう）
〒八一〇・〇〇四一
福岡市中央区大名二・八・十八・五〇一
TEL：〇九二・七三五・二八〇二
FAX：〇九二・七三五・二七九二
http://www.kankanbou.com　info@kankanbou.com

DTP　山本浩貴＋h（いぬのせなか座）
印刷・製本　アロー印刷株式会社

ISBN978-4-86385-314-0　C0092

現代歌人シリーズ

四六判変形／並製

現代短歌とは何か。前衛短歌を継走するニューウェーブからポスト・ニューウェーブ、さらに、まだ名づけられていない世代まで、現代短歌は確かに生き続けている。彼らはいま、何を考え、どこに向かおうとしているのか……。このシリーズは、縁あって出会った現代歌人による「詩歌の未来」のための饗宴である。

1. **海、悲歌、夏の雫など**　千葉 聡　144ページ／本体1,900円＋税／ISBN978-4-86385-178-8
2. **耳ふたひら**　松村由利子　160ページ／本体2,000円＋税／ISBN978-4-86385-179-5
3. **念力ろまん**　笹 公人　176ページ／本体2,100円＋税／ISBN978-4-86385-183-2
4. **モーヴ色のあめふる**　佐藤弓生　160ページ／本体2,000円＋税／ISBN978-4-86385-187-0
5. **ビットとデシベル**　フラワーしげる　176ページ／本体2,100円＋税／ISBN978-4-86385-190-0
6. **暮れてゆくバッハ**　岡井 隆　176ページ（カラー16ページ）／本体2,200円＋税／ISBN978-4-86385-192-4
7. **光のひび**　駒田晶子　144ページ／本体1,900円＋税／ISBN978-4-86385-204-4
8. **昼の夢の終わり**　江戸 雪　160ページ／本体2,000円＋税／ISBN978-4-86385-205-1
9. **忘却のための試論 Un essai pour l'oubli**　吉田隼人　144ページ／本体1,900円＋税／ISBN978-4-86385-207-5
10. **かわいい海とかわいくない海 end.**　瀬戸夏子　144ページ／本体1,900円＋税／ISBN978-4-86385-212-9
11. **雨(ふ)る**　渡辺松男　176ページ／本体2,100円＋税／ISBN978-4-86385-218-1
12. **きみを嫌いな奴はクズだよ**　木下龍也　144ページ／本体1,900円＋税／ISBN978-4-86385-222-8
13. **山椒魚が飛んだ日**　光森裕樹　144ページ／本体1,900円＋税／ISBN978-4-86385-245-7
14. **世界の終わり／始まり**　倉阪鬼一郎　144ページ／本体1,900円＋税／ISBN978-4-86385-248-8
15. **恋人不死身説**　谷川電話　144ページ／本体1,900円＋税／ISBN978-4-86385-259-4
16. **白猫倶楽部**　紀野 恵　144ページ／本体2,000円＋税／ISBN978-4-86385-267-9
17. **眠れる海**　野口あや子　168ページ／本体2,200円＋税／ISBN978-4-86385-276-1

18. 去年マリエンバートで
林 和清

理解りあふといふのは映画のワンカット〝水に挿した青い花〟など

四六判変形／並製／144ページ
本体1,900円＋税
ISBN978-4-86385-282-2

19. ナイトフライト
伊波真人

雨つぶが道一面を染め上げて宇宙は泡のようにひろがる

四六判変形／並製／144ページ
本体1,900円＋税
ISBN978-4-86385-293-8

20. はーはー姫が彼女の王子たちに出逢うまで
雪舟えま

この星で愛を知りたい僕たちをあなたに招き入れてください

四六判変形／並製／160ページ
本体2,000円＋税
ISBN978-4-86385-303-4

以下続刊